Nous remercions le ministère du Patrimoine canadien,
la SODEC et le Conseil des Arts du Canada
de l'aide accordée à notre programme de publication

  Patrimoine   Canadian
canadien   Heritage

Conseil des Arts   Canada Council
du Canada   for the Arts

ainsi que le Gouvernement du Québec
– Programme de crédit d'impôt
pour l'édition de livres
– Gestion SODEC.

Nous reconnaissons l'aide financière
du gouvernement du Canada
par l'entremise du Programme d'aide au développement
de l'industrie de l'édition (PADIÉ) pour ce projet.

Illustration de la couverture
et illustrations intérieures :
Gabrielle Grimard

Couverture :
Conception Grafikar

Édition électronique :
Infographie DN

Dépôt légal : 1er trimestre 2006
Bibliothèque nationale du Canada
Bibliothèque nationale du Québec

1234567890 IML 09876

La fabrique
de contes III

COLLECTION
PAPILLON

DE LA MÊME AUTEURE
AUX ÉDITIONS PIERRE TISSEYRE

Collection Papillon

La fabrique de contes, contes, 2002.
La fabrique de contes II, contes, 2005.

Collection Sésame

Le magicien ensorcelé, roman, 2001.
Le chat qui mangeait des ombres, conte, 2003.

CHEZ D'AUTRES ÉDITEURS

Pour l'amour d'Émilie, nouvelles, l'Hexagone, 1989.
Les souliers magiques, conte, Hurtubise HMH, 2000.
Quand la magie s'emmêle, conte, Michel Quintin, 2002.
Méli-mélo au fond de l'eau, conte, Michel Quintin, 2002.
Quelle vie de chien !, conte, Michel Quintin, 2003.
Sur les ailes de la lune, conte, Éditions de l'Isatis, 2004.

**Catalogage avant publication
de Bibliothèque et Archives Canada**

Bonenfant, Christine

      La fabrique de contes III

      (Collection Papillon ; 117)

      Pour les jeunes de 9 à 12 ans.

      ISBN 2-89051-959-7

      I. Gabrielle, Grimard, 1975- . II. Titre.
      III. Collection: Collection Papillon
      (Éditions Pierre Tisseyre) ; 117.

PS8553.O542F32 2006   jC843'.54   C2005-941661-0
PS9553.O542F32 2006

La fabrique
de contes III

Christine Bonenfant

**ÉDITIONS
PIERRE TISSEYRE**

5757, rue Cypihot, Saint-Laurent (Québec) H4S 1R3
Téléphone : (514) 334-2690 – Télécopieur : (514) 334-8395
Courriel : ed.tisseyre@erpi.com

À Robert,
avec qui j'aime tant
partager les mots
et ma vie

1

Visite de nuit
à la fabrique

Quelle belle nuit pour se retrouver ensemble, ici, à la fabrique de contes! Vous savez, nous caressions un rêve depuis longtemps : vous accueillir à la tombée de la nuit, au moment précis où, tout à coup, la vie entière devient mystère.

La nuit, en effet, nous semblait le moment rêvé pour offrir cette troisième visite guidée – car nous ne vous avons pas encore tout dévoilé! Par exemple, qui, parmi vous, a remarqué, la dernière fois, les portes discrètes et les trappes muettes donnant accès aux coins secrets de la fabrique? C'est là, pourtant, que germent lentement, à l'abri des regards indiscrets, les histoires qu'on raconte, le soir, au coucher, aux enfants du monde entier.

Allumons les bougies que vous tenez à la main… Voilà. Maintenant, nous pouvons avancer dans l'obscurité.

N'ayez crainte, la nuit n'est pas notre ennemie, au contraire : elle nous laisse simplement seuls avec nous-mêmes, avec nos pensées, nos rêves, nos désirs. Il n'y a donc nulle raison d'être effrayés. La salle vers laquelle nous nous dirigeons, là-bas, au fond du couloir, vous étonnera à cet égard – mais je n'en dis pas plus pour le moment.

Je vous invite, chemin faisant, à demeurer attentifs à ce qui se passe autour de vous – et en vous : ainsi, n'entendez-vous pas votre cœur battre? Étrange, n'est-ce pas, l'effet de la noirceur?

Venez, c'est par ici. Encore un peu et nous y sommes.

... Je vous en prie, entrez.

Il est vrai que cette pièce semble plutôt déserte. Mais ne vous y trompez pas : déserte ne signifie pas vide !

Prenez place. Éteignons maintenant nos bougies. Nous retournerons ainsi dans l'obscurité, et je pourrai vous dévoiler un ou deux secrets bien gardés.

... Vous rappelez-vous vos visites précédentes à la fabrique de contes, lorsque vous traversiez le rez-de-chaussée ? Vous souvenez-vous des immenses chaudrons dans lesquels mijotaient des idées pas tout à fait formées, des images un peu vagues et des mots vus de dos ? Nous vous avions alors expliqué que les contes prenaient naissance dans ces marmites.

Eh bien, ce n'était pas faux... mais ce n'était pas tout à fait vrai non plus ! En réalité, le vrai commencement, la véritable première étape d'un conte se déroule ici, dans ce que nous appelons entre nous la « pièce secrète ». Pourquoi « secrète » ? Pour deux raisons. D'abord, seuls les visiteurs les plus assidus ont le privilège d'y pénétrer. Ensuite – et surtout –, parce que ce qui se passe ici demeure, à vrai dire, extrêmement mystérieux, même pour nous qui habitons la fabrique! Nous ignorons, en effet, comment naissent *toutes* les histoires. Heureusement, nous savons comment germent *certaines* d'entre elles. Vous aimeriez que je vous révèle cette information confidentielle?

Levez alors les yeux et vous apercevrez une magnifique nuit étoilée au-dessus de vous.

Je constate que notre toit ouvrant, mis au point par Turlupin, l'inventeur des inventions, ne vous laisse pas indifférents!

En ce moment, l'Univers tout entier semble à la portée de nos yeux. Un vaste monde que nous pouvons rêver, imaginer... transformer même.

Vous savez, n'est-ce pas, que l'Univers est infini?

Saviez-vous que l'imagination l'est tout autant, et que c'est dans l'imagination, précisément, que germent les contes?

Repérez, dans le firmament, un astre très brillant. Ce corps céleste sera probablement une planète; imaginez que celle-ci rêve, depuis des millénaires, de recevoir, enfin, la visite d'un humain. Vous avez là, déjà, le germe d'un conte. Imaginez une autre planète, celle-là hébergeant un être qui existe en trois formats différents et dont l'aspect change trois fois par semaine. Pourquoi pas ? Ailleurs dans la galaxie, aux confins du monde, pourrait aussi vivre... tenez, une fleur à nulle autre pareille, qui rêve de réaliser un exploit qu'aucune plante vivante n'a jamais osé tenter.

Vous voyez : le rêve, la rêverie, l'imagination, tout peut mener à la création ! Il suffit parfois d'un mot, d'un geste, d'une odeur pour nous rendre songeurs, rêveurs, inventeurs. Même une simple question peut, avec un soupçon d'imagination, devenir le germe d'une histoire : qu'arriverait-il si une étoile filante refusait d'accomplir son destin et de tomber du ciel ?

Dans la pièce secrète, c'est merveilleux : tout peut être inventé, tout peut exister. Mais il y a plus extraordinaire encore : chacun de nous, ici, possède en lui-même une pièce secrète, puisque chacun a le pouvoir de rêver, d'imaginer. Vous vous demandez peut-être à quoi sert un tel pouvoir, à part celui d'inventer des histoires ? Chaque personne est-elle, en quelque sorte, une fabrique de contes miniature? Eh bien, ici, à la fabrique, nous créons des contes, puisque c'est la vocation de la maison, mais vous n'avez pas nécessairement à en faire autant! Votre pouvoir de rêver, d'imaginer et de vous émerveiller est important surtout pour nourrir votre cœur, votre vie, de la même manière que la nourriture nourrit votre corps...

Ces jours-ci, la fabrique vit des heures d'intense bonheur: elle est tout affairée à la création d'histoires où le rêve et l'imagination sont à l'origine des plus merveilleuses situations. Vous verrez! Vous visiterez des planètes, inventées de toutes pièces, qui rêvent et adorent faire rêver. Vous ferez la connaissance d'une goutte d'eau aspirant à quitter son nuage et à partir loin, très loin en voyage. Vous rencontrerez le prince Tibor, curieux insatiable qui souhaite tout connaître et tout comprendre. Vous croiserez aussi des êtres dont l'imagination s'enflamme à la seule évocation d'une belle expression: ce sera le cas du poète Pasqualino et de Samuel, un garçon qui déguste chaque nouveau mot comme un bonbon!

Les gourmands ne seront pas en reste, d'ailleurs, dans les récits concoctés ici : Misty, la voleuse et dévoreuse de guignacées, vous le prouvera, de même que Sébastien, grand amateur de desserts, et aussi Babette, fin cordon bleu, raconteuse d'histoires extraordinaires et grande voyageuse dans l'imaginaire. Eh oui, gourmandise et plaisir se marient très bien avec imagination et création, vous le constaterez vous-mêmes en faisant le tour de la maison !

Mais je vois que la nuit avance et que notre rencontre arrive, hélas ! aujourd'hui encore, à sa fin. Ce n'est pas sans un pincement au cœur, je l'avoue, que je dois prendre congé de visiteurs aussi attachants.

Permettez que j'allume une bougie, une seule… Approchez, j'aimerais vous montrer quelque chose.

Vous voyez cette pierre dans le creux de ma main ? Observez-la bien. Jolie, n'est-ce pas ? Si je verse un peu d'eau sur elle, comme ceci, regardez comme elle embellit. Toutes les pierres font ainsi, sous la pluie – l'avez-vous déjà remarqué ?

… Et si vous vous mettiez à rêver, la prochaine fois que vous tiendrez un caillou sous la pluie ? Et si vous imaginiez que cette pierre pense être une fleur parce qu'elle a toujours vécu auprès des fleurs?...

… Et si cette pierre, après avoir traversé votre propre pièce secrète, devenait une histoire que vous raconteriez à votre frère, à votre ami ou à vos parents?... N'oubliez pas, cependant: commencez votre récit par **Il était une fois...** et cette pierre, tout à coup, c'est promis, vivra!

2

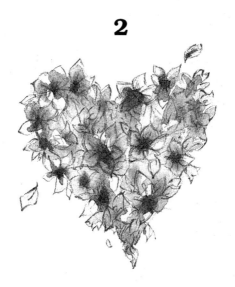

Corps de pierre,
cœur de fleur

Il était une fois une pierre qui vivait à l'ombre de jolies fleurs violettes, en forme de clochettes, que l'on appelle campanules. On l'avait sans doute déposée au pied des fleurs il y a très longtemps, car elle ne connaissait que ces amies-là. Et comme la pierre avait passé sa vie au milieu des fleurs, elle ne douta pas un seul instant qu'elle en fût une aussi.

Cette illusion s'expliquait aussi par le fait que les gens, sans le savoir, la traitaient souvent comme une de ses voisines. Combien de fois les entendait-on s'exclamer, penchés au-dessus de la plate-bande : «Oh! les jolies campanules, oh! la jolie pierre!» Le caillou s'imaginait simplement qu'il était une autre variété de campanules.

Il faut dire que l'objet méritait qu'on s'y arrête. Quelle forme parfaitement ronde! Quelle douceur au toucher! La surface lisse était recouverte de lignes fines et gracieuses. Elles s'amusaient à se croiser, puis à s'éloigner les unes des autres, comme si elles dansaient sur la pierre. Lorsque les gens prenaient le caillou pour le regarder de plus près, pour le sentir dans le creux de la main, ils le faisaient avec autant de délicatesse et de précaution que s'il s'était agi d'une fleur.

Alors comment ne pas penser qu'on est une fleur, lorsque l'on vit au milieu d'elles et qu'on nous traite comme elles?

Il est vrai que la pierre profitait de certains avantages dont ses compagnes, elles, ne jouissaient pas. Les jours de pluie, les campanules prenaient un air abattu alors que leur voisine, au contact de l'eau, devenait d'une beauté étonnante. Ses couleurs changeaient du rose au rouge, du jaune à l'ambre, du vert au noir. La pluie ravivait son teint, faisait reluire sa robe.

Il lui arrivait toutefois d'envier ses camarades. Comme les fleurs, elle aurait aimé valser dans le vent, courber la tête coquettement, étirer le cou pour admirer, au loin, les champs.

On pourrait croire que la pierre finit un jour par découvrir sa véritable identité. Mais il n'en fut rien. Sa longue vie se déroula sans qu'elle constate sa méprise. Aucune personne ni aucun événement ne la détrompèrent.

Pourtant, vers le milieu de son âge, un fait inattendu survint. Un jour pluvieux, elle entendit une voix admirative au-dessus d'elle s'écrier : « Oh, le joli caillou ! Pourrais-je le prendre ? » À ces mots, la pierre pâlit, retint son souffle : non, elle ne désirait pas être cueillie ! Elle savait que les fleurs cueillies ne revenaient jamais, qu'elles finissaient par se faner et rendre l'âme, même dans les plus beaux vases, dans les plus belles maisons. Non, non, pas question : elle ne voulait pas bouger ! Ce qu'elle entendit ensuite faillit lui briser le cœur, son pauvre cœur de pierre : « Oui, bien sûr, je vous l'offre avec plaisir. J'en choisirai une autre. » *Une autre !* s'indigna la pierre. *Être remplacée si vite et sans cérémonie par la première venue !* Elle en aurait pleuré de dépit. Heureusement, la voix admirative déclara peu après : « J'en prendrai le plus grand soin, je vous le promets... »

Le jour même, la pierre qui pensait qu'elle était une fleur fut transportée avec précaution dans sa nouvelle demeure. On l'installa dans une magnifique serre, entourée non seulement de campanules, mais aussi d'autres plantes aux parfums troublants, aux noms étranges tels «cyclamens» et «chrysanthèmes», «hortensias» et «zinnias». On lui accorda autant d'attention et on lui prodigua autant de soins qu'à ses nouvelles compagnes. Tous les matins, on l'arrosait aussi pour redonner de l'éclat à sa jolie robe, ce qui perpétua son leurre.

Cette pierre vit toujours et continue de penser qu'elle est une fleur, car rien, jusqu'à maintenant, ne l'a incitée à penser autrement. Une seule question la préoccupe parfois : *À quelle espèce de fleurs appartient-elle ?* Mais elle pense avoir trouvé une réponse. Ayant observé dans la serre l'apparition et la disparition de nombreuses fleurs, au fil des ans, alors qu'elle-même semblait vivre très longtemps, la pierre en est venue à la conclusion qu'elle appartient peut-être à la famille de ces fleurs que l'on appelle des «immortelles».

3

Entre Vénus
et Mercure

Il était une fois une planète toute petite mais fort jolie. Elle s'appelait Alexandra. Or, Alexandra vivait un grand malheur : personne ne l'habitait. Pire encore, aucun être humain ne l'avait encore visitée.

C'était à n'y rien comprendre. Comment pouvait-on ignorer l'existence d'une planète si ravissante ? Elle occupait pourtant une place bien précise dans le système solaire, entre Vénus et Mercure, à quelque cinquante millions de kilomètres de la Terre. Pourquoi, alors, n'apparaissait-elle pas sur les cartes des astronomes ?

Les siècles passaient, et Alexandra continuait à se morfondre. Qui donc, un jour, s'apercevrait de sa présence parmi les autres astres ? Qui viendrait admirer sa beauté unique, respirer les doux parfums qu'exhalaient même ses fleurs les plus modestes ?

Alexandra ne désespérait pas, toutefois, car la découverte d'autres planètes avait parfois beaucoup tardé. Son heure viendrait sûrement.

Puis un jour, le miracle tant attendu se produisit. Alexandra reçut la visite d'un petit garçon qui, coïncidence étrange, s'appelait Alexandre. Il devait avoir environ neuf ans. Ses cheveux étaient noirs et décoiffés. Alexandra s'étonna de sa façon de marcher : *Un pas si léger*, se dit-elle, *ses pieds effleurent à peine le sol...* Puis elle comprit, et son cœur se serra : c'était en rêve qu'Alexandre venait la visiter ! La planète éprouva un profond découragement, puis elle finit par se consoler : mieux valait être visitée en songe que pas du tout.

Elle fit donc contre mauvaise fortune bon cœur et déploya ses plus beaux trésors pour l'inconnu.

Le garçon, lui, croyait avoir découvert le paradis. Partout où son regard se posait, il ne rencontrait que beauté, calme et sérénité. Il n'existait aucune route, aucun sentier, dans ce surprenant pays. Le sol, à perte de vue, était tapissé de fleurs ondulant dans la brise ; on aurait dit des taches de couleurs vivantes, sur la palette d'un peintre, tout éclaboussées de lumière. Le garçon hésitait à avancer, de peur de piétiner les fleurs. Il lui fallait pourtant commencer à marcher s'il voulait explorer ce paradis. Il fit quelques pas et, à sa grande surprise, les fleurs qu'il avait foulées relevaient la tête tout de suite après son passage. Alexandre s'en réjouit, car il n'aurait pas voulu détruire même le plus petit brin d'herbe de cette planète.

Quand le jeune explorateur eut traversé l'immense champ fleuri devant lui, il rencontra des arbres et aperçut, au loin, plusieurs montagnes. Les arbres étaient en réalité de gigantesques fleurs d'une beauté singulière ; les montagnes étaient couvertes de ces arbres-fleurs aux couleurs éclatantes. *J'ai l'impression de rêver !* pensa Alexandre, qui se ravisa aussitôt : *Non, c'est plus beau encore que le plus beau des rêves !*

Il se promena quelque temps dans la montagne. Une cohorte d'animaux étranges et magnifiques firent leur apparition. Il reconnut bien sûr un chat, mais celui-ci avait des ailes et se déplaçait en sautillant d'une branche à l'autre. Des kangourous recouverts de plumes d'oiseaux sautaient autour de l'inconnu en signe de bienvenue. Il y avait des reptiles aussi, fort paresseux d'ailleurs, qui se déplaçaient à dos de ratons laveurs voltigeurs. Lorsque Alexandre ferma les yeux un instant, il réalisa combien cette planète sentait bon. Elle dégageait des odeurs de trèfle sucré et de menthe fraîche, de roses fraîches écloses et de fraises chaudes.

Revenu au milieu du champ qu'il avait traversé plus tôt, le garçon fit lentement un tour sur lui-même, voulant remplir ses yeux du spectacle qui s'offrait à lui. Son cœur se remplit de bonheur. *Ici, maintenant, tout est parfait,* se réjouit-il. Et il s'étendit au milieu des

fleurs et des odeurs pour savourer pleinement son bonheur. Il ferma les yeux.

«Non! Non!» s'écria Alexandra, effrayée. L'enfant allait s'endormir!

… Et ce qu'elle craignait arriva. Dès qu'Alexandre s'endormit, il disparut. Quelques secondes plus tard, il se réveillait dans son lit, sur Terre.

Pendant des années, Alexandra demeura inconsolable. Un seul, un seul visiteur… et il était reparti!

Le temps passa, et parce qu'il n'y avait rien d'autre à faire, Alexandra se remit à espérer: peut-être un autre rêveur, un jour…

Comme elle avait eu raison d'espérer! Trente longues années après la visite d'Alexandre, un vaisseau spatial atterrit un jour sur la planète. Un astronaute en sortit. Quelques heures à peine après son arrivée, l'homme démonta son engin pièce par pièce et l'enfouit dans le sol.

L'astronaute se nommait… Alexandre.

La planète ne pouvait pas savoir, mais Alexandre, depuis l'âge de neuf ans, depuis la nuit où il avait vécu ce rêve merveilleux, ne pensait qu'à retrouver cette planète qu'il avait baptisée, dans son cœur, «Félicité». Et il était devenu cosmonaute dans le seul but de réaliser son rêve : retourner sur Félicité pour y habiter.

Qui sait, les astronautes sont peut-être tous des hommes et des femmes à la recherche de la planète de leurs rêves...

4

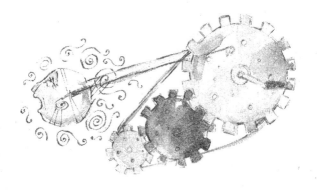

L'inventeur
des inventions

Il était une fois un inventeur qui s'appelait Turlupin. Il vécut il y a très longtemps, mais de nos jours encore, nous profitons de ses merveilleuses inventions. Dommage que si peu de gens se souviennent de lui. Pourtant, c'est grâce à ce créateur et à son ingénieux système de poulies et de câbles que le grand paresseux de soleil sort presque toujours de son lit le matin. Il nous semblerait impossible, aujourd'hui, de ne pas voir l'astre se lever à l'aube. Il y a plusieurs siècles de cela, pourtant, avant l'invention de Turlupin, la Terre pouvait être plongée dans l'obscurité des semaines entières parce que Monsieur le Soleil s'offrait une cure de sommeil !

Oh ! il avait l'imagination très fertile, le professeur Turlupin ! C'est également lui qui a inventé des yeux pour les arbres. On s'étonnerait bien, de nos jours, de voir les arbres grandir la tête en bas et les racines au ciel. Imaginez des racines tout échevelées qui se balanceraient au-dessus des toits ! Mais cela arrivait souvent à l'époque dont nous parlons, car les arbres, privés de la vue, ne savaient pas dans quelle direction pousser.

Autre magnifique création de Turlupin : la musique. Savez-vous qu'avant le siècle où vécut notre inventeur, la pluie n'émettait aucun bruit en tombant et que les rivières coulaient en silence ? Eh oui ! Le vent traversait les forêts et les plaines sans émettre le moindre sifflement, et les vagues mouraient sans se plaindre sur les rivages. Même les cœurs, les millions de cœurs qui habitaient alors la Terre, battaient dans les poitrines dans un calme absolu. Heureusement, grâce à une autre découverte de Turlupin, la musique fut créée. Ah! les belles mélodies qu'on lui doit aujourd'hui! Comment imaginer la vie sans les blanches, les noires, les croches et… les soupirs! Oui, Turlupin avait même pensé aux soupirs, pour que se glisse entre les notes le désir que revienne la musique!

On raconte une anecdote délicieuse au sujet de cet homme. Est-ce là l'invention de quelque raconteur d'histoires? S'agit-il d'une légende, d'une fable? Peu importe ce qu'il en est réellement: écoutons plutôt cette histoire qui a traversé le temps pour arriver jusqu'à nous.

Un jour que le professeur Turlupin s'affairait dans son atelier tout en bavardant avec monsieur Félix, un vendeur de rêves qui avait sa boutique juste à côté, une petite fille haute comme trois oranges entra. «Comme elle a l'air triste!» murmura Turlupin tout bas à son ami. Turlupin n'avait jamais pu supporter la tristesse, surtout chez les enfants. La petite, intimidée, expliqua brièvement le but de sa visite. «Il paraît que vous inventez toutes sortes de choses. Pourriez-vous me libérer de ma tristesse?»

L'histoire raconte que Turlupin laissa immédiatement l'invention à laquelle il travaillait (une forme primitive de feu de circulation pour les nuages) et se pencha sur le grave problème de la petite. Après quelques instants de réflexion, il crut avoir trouvé : le tour serait joué s'il arrivait à remplacer l'air triste sur le visage de la fillette par un sourire. Il se mit tout de suite à la tâche. Il s'activa plusieurs heures avec concentration et patience, mettant au point un intéressant dispositif qui, croyait-il, allait les tirer d'affaire. Il relia l'oreille droite de la petite fille au coin droit de sa bouche à l'aide d'un fil invisible. Une extrémité du fil était retenue à l'arrière de l'oreille ; l'autre bout était retenu à l'intérieur de la bouche par une minuscule ventouse. Turlupin fit de même avec l'oreille et le coin de la bouche gauches. En tirant légèrement sur les bouts de fil derrière les oreilles, le coin des lèvres remontait vers le haut et voilà ! un sourire apparaissait enfin !

La petite semblait satisfaite du résultat, sauf que Turlupin nota un problème évident : seule la bouche de la petite souriait. Dans ses yeux, pas l'ombre de l'ombre du moindre sourire. « Quelle étourderie de ma part ! » s'écria alors le professeur, qui ajouta : « Un vrai sourire commence dans le cœur, puis se déverse dans les yeux et atteint la bouche en dernier. »

Il prit la petite sur ses genoux et lui expliqua :

— Je me suis trompé. J'ai commencé par la fin. C'est ton cœur que je dois faire sourire en premier... Mais comment vais-je y arriver ?

— C'est difficile de faire entrer un sourire dans mon cœur... La peine y occupe toute la place, répondit simplement la petite.

— Et qu'est-ce qui te rend si triste ? lui demanda alors Turlupin.

La réponse qu'il entendit le jeta dans un grand trouble.

— Mes parents... Ils n'ont pas le temps de s'occuper de moi.

Le professeur au cœur bon et tendre ne tarda pas à prendre une décision : il offrit à la petite fille de l'adopter – à condition que ses parents acceptent, bien sûr. Dès qu'il eut proposé cette solution à l'enfant, un merveilleux sourire éclata dans ses yeux, et les coins de sa bouche se relevèrent sans l'aide d'aucune ficelle !

Turlupin laissa l'enfant entre les mains de son ami Félix et quitta l'atelier environ une heure. Il revint avec le consentement des parents qui, dans le fond, étaient de pauvres gens bien ignorants.

Lorsqu'il annonça la bonne nouvelle à Félix et à la petite, celle-ci eut alors un si grand, un si beau sourire que le professeur crut que le soleil se levait une deuxième fois ce jour-là !

Et c'est ainsi que l'inventeur Turlupin devint papa... à cinquante ans passés ! Il ne perdit cependant pas de temps et inventa pour sa petite fille une foule d'objets et de jouets qui font encore aujourd'hui le bonheur de millions d'enfants : les cheminées pour le Père Noël, le sucre d'orge, la crème glacée, les oursons en peluche, les blocs de construction, les marionnettes et, bien sûr, les contes pour enfants !

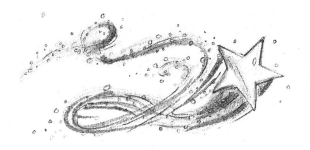

5

Conspiration
dans le ciel

Il était une fois une étoile filante qui filait de bien curieuse façon. Elle filait à gauche, elle filait à droite, elle filait de haut en bas, puis de bas en haut, mais jamais elle ne se comportait comme les véritables étoiles filantes. Les vraies étoiles filantes, on le sait, glissent sur le fond de la nuit, exaucent un vœu, puis disparaissent sans laisser de traces.

Les autres étoiles filantes lui en voulaient : pour qui se prenait-elle, après tout ? Mais notre étoile voyageuse, défiant les conventions astrales, continuait de danser dans la nuit et de confondre les astronomes.

Un jour, un événement vint bouleverser la paix dans le firmament. Un complot fut en effet préparé par un bel après-midi d'été. Habituellement, les étoiles dorment, l'après-midi, cela est bien connu. Pour dormir en toute sérénité, elles s'enfoncent très haut et très loin dans le ciel. Malheureusement, plusieurs étoiles, ne se doutant pas qu'elles ont un peu trop reculé, basculent dans le vide et tombent ainsi du ciel : c'est le triste sort de celles qu'on appelle les « étoiles dormantes ». Pauvres étoiles, qui plongent dans le sommeil pour toujours, en pleine clarté, quand personne ne peut les apercevoir et faire un vœu... Ce jour-là, cependant, plusieurs étoiles ne songeaient pas à dormir : elles avaient bien trop à faire. Elles avaient en effet décidé d'en finir une bonne fois pour toutes avec Filoména, l'étoile filante insoumise. Elles mirent au point un plan diabolique qui était, selon elles, infaillible et qui allait les débarrasser à tout jamais de cette étoile qui refusait de disparaître.

Quand la nuit arriva, elle trouva l'insouciante Filoména qui allait et venait, comme à son habitude, dans la nuit bleu-noir. Elle exécutait quelques pas de valse par-ci, s'étirait langoureusement sur un air de tango par-là. Rien ne la troublait, cette Filoména, étoile ignorante du danger qui la menaçait, étoile créée, on eut dit, pour danser la vie, célébrer le bonheur.

Grisée par la musique que des dizaines d'anges produisaient pour elle, étourdie par les tourbillons que son corps traçait dans l'espace, Filoména ne vit point l'étrange piège qui était en train de se former autour d'elle, dans le secret de la nuit. Non, elle ne se méfia pas du tout du filet quasi transparent qui se déployait autour de son âme lumineuse. Oh! les vilaines mains qui tissaient dans l'envie et la jalousie un filet meurtrier dans le ciel! Le ciel lui-même avait envie de pleurer devant tant de méchanceté!

Filoména continua pendant un moment encore de s'ébattre dans le ciel en toute liberté... Puis ses mouvements commencèrent à ralentir malgré elle, comme si une force invisible la contraignait à se déplacer dans un espace de plus en plus restreint. Ses jambes et ses bras refusèrent bientôt de se déployer entièrement, mais ce qui effraya tout à coup Filoména, ce fut les rires qu'elle entendit dans l'obscurité, des rires secs, sans joie. Quelle tristesse dans son cœur, alors, et quelle peur elle ressentit lorsqu'elle réalisa, horreur ! que ses sœurs conspiraient pour lui attirer le malheur !

Lorsque la toile tissée autour de Filoména se resserra au point de l'empêcher d'exécuter le moindre mouvement – même un battement de cils était devenu impossible –, alors quelque chose, quelqu'un dans la nuit froide donna un bon coup sec vers le bas, et le filet dans lequel Filoména se trouvait prisonnière dégringola dans la nuit.

Les observateurs d'étoiles sur la Terre aperçurent à ce moment précis une traînée lumineuse inhabituelle dans le ciel. Plus étonnant encore, la traînée se déplaçait par secousses, par à-coups. On eut dit que la force qui la tirait vers le bas combattait avec une force contraire, une

énergie qui, elle, tirait le cortège de lumières vers le haut.

Au milieu de sa chute dans les cieux, Filoména cria : «Ne faites pas cela ! Je vous en supplie ! N'avez-vous donc rien compris ? » Mais les ennemies de Filoména faisaient la sourde oreille, déterminées à se débarrasser enfin de cette étoile rebelle.

Au bout de quelque temps, les deux forces contraires qui se disputaient l'étoile commencèrent toutefois à manifester des signes de fatigue. De la Terre, on s'aperçut en effet que la bande étoilée ralentissait sa course.

Dans le ciel, les étoiles conspiratrices tentaient vainement de continuer à tirer le filet vers le bas, mais une volonté plus grande que la leur s'obstinait à le hisser vers le haut. Exaspérées, les étoiles unirent ce qui leur restait de force, unirent leur soif de vengeance et se mirent à tirer tant et si fort que le filet se rompit. Il se déchira soudainement, précipitant dans le vide toutes les ennemies de Filoména.

Notre étoile filante, elle, commença à remonter lentement le long de la nuit obscure.

À la fenêtre d'une petite maison, sur la Terre, un sourire se dessina sur le visage fatigué d'un enfant. Filoména rendit son sourire à cet enfant pauvre dont la seule richesse, le seul bonheur dans la vie était son amie l'étoile filante. Et pour garder son amie en vie, il formulait toujours le même vœu, soir après soir, quand elle venait proche de tomber : « Ne tombe pas ! Pas encore ! » Ainsi l'étoile vivait pour le petit garçon, et le petit garçon vivait pour son étoile.

6

Le sculpteur
de mots

Il était une fois un poète aimé de tous et choyé des muses. Depuis toujours, le vieux Pasqualino faisait le bonheur des siens en écrivant des poèmes avec les mots qu'ils lui apportaient. L'artiste acceptait tous les mots, courts et longs, simples ou grandiloquents. Il les sculptait, les polissait jusqu'à ce qu'ils brillent chacun d'un bel éclat.

Plusieurs fois par semaine, il recevait la visite des gens du village. Ils venaient tous pour la même raison : assister à la création d'un poème avec le mot qu'ils apportaient. Les mots variaient selon les visiteurs.

Ainsi, le jeune Pedro, un garçon taquin et rusé, vint un jour avec le mot « pomme de terre ». Il savait fort bien qu'un mot si ordinaire donnerait du fil à retordre au vieux poète. Quelle ne fut pas sa surprise, cependant, lorsque Pasqualino, homme tout aussi rusé, mais surtout poète très doué, récita sans hésiter :

Pomme de terre solitaire,
Vêtue de mystère,
Faudra-t-il fouiller la poussière,
Creuser la terre
Pour admirer ta robe
Dans la lumière ?

Une autre fois, le frère aîné de Pedro frappa à la porte du poète. Les yeux rougis, le cœur rempli d'un immense chagrin d'amour, il murmura « désespoir » à l'oreille de son hôte. Pasqualino, plein de compassion, se demanda : *Comment transformer ce mot en quelque objet de beauté pour le rendre moins pénible à supporter ?* Il avait ensuite fermé les yeux,

s'était recueilli, puis avait récité doucement :

> Désespoir...
> Un mot si lourd à porter
> Dans un cœur déjà
> Prêt à déborder.
> Dépose plutôt le mot
> Sur un bout de papier,
> Et approche-le
> D'une chandelle allumée.
> Laisse la flamme éclairer
> Chaque lettre tracée,
> Et lis ce qui reste,
> Si tu enlèves les trois premières
>   lettres :
> ESPOIR !

Le frère de Pedro était reparti, le poème
serré sur le cœur, le pas un peu plus
léger qu'à son arrivée.

D'autres encore venaient avec le cœur
gonflé de joie, espérant recevoir un poème
qui immortaliserait leur bonheur. C'était
le cas de la petite Samanta, qui revenait
d'un premier voyage hors du village. Il
était clair que l'expérience l'avait en-
chantée, puisqu'elle apporta dans sa
main heureuse les mots, « dépaysement »,
« étonnement » et « ravissement ». Elle

avait un peu triché... Trois mots, c'était trop, mais le bon poète résuma :

> Ah ! l'ivresse des voyages !
> Plier bagages, prendre le large,
> Suivre pas à pas les nuages...
> Quelle belle façon de prendre de l'âge !

Pasqualino se réjouissait de pouvoir compter sur une clientèle si variée. Il lui arrivait même de pondre des vers sur mesure. Le boulanger, par exemple, aimait les poèmes dont on avait pétri les mots longtemps et qui sentaient le bon pain chaud. La fermière, elle, commandait des poèmes qu'elle pouvait réciter à ses poules pour qu'elles pondent des œufs d'or.

Puis un matin, personne ne sut pourquoi, le vieux poète ferma sa porte, tira le verrou et se mit à pleurer un bon coup. Pour toute explication, il dit qu'il avait perdu les mots – ou que les mots l'avaient perdu, ce ne fut jamais très clair.

Pasqualino avait l'air égaré. Au magasin général, il demandait du beurre alors qu'il désirait du fromage ; il se renseignait sur le temps en demandant : « Fera-t-il beau hier ? »

Plusieurs mois s'écoulèrent ainsi, jusqu'au jour où le fermier Rosario, sachant que Pasqualino adorait les chats, décida de lui en offrir un en cadeau. Sa chatte avait accouché de quatre magnifiques chatons huit semaines plus tôt. Il s'inquiétait pour son vieil ami devenu triste et solitaire, et pensait qu'un joli minet le réjouirait. Il s'arma de courage et alla frapper à la porte que Pasqualino gardait fermée depuis trop longtemps. Il cogna très fort en criant : « Pasqualino ! Ouvre-moi ! C'est Rosario !

Je t'apporte un cadeau! Allez, ouvre, sinon je rapporte à la maison mon cadeau qui fait ronron!» L'attente fut longue, mais la porte s'ouvrit enfin. Le spectacle que vit alors Rosario le consterna. Dès que le poète aperçut le chaton dans les bras de son ami, il fondit en larmes. «Mais, en voilà des manières! s'exclama Rosario. Comment un si joli petit chat peut-il te faire pleurer?»

C'est alors que le chat sortit enfin du sac. Pasqualino raconta, à travers ses larmes, quel drame était survenu dans sa vie quatre mois plus tôt. Mistigris, son vieux chat, son meilleur ami, celui avec lequel il avait vécu les quinze dernières années, était mort subitement. Pasqualino en avait éprouvé tant de peine, son chat lui avait tellement manqué, que les mots s'étaient tus en lui, oui, comme si les mots étaient morts en même temps que son Mistigris.

Rosario, homme simple et plein de bon sens, comprit qu'un poète, devant ses propres malheurs, peut chercher vainement les mots pour exprimer sa douleur. *Qu'à cela ne tienne,* se dit-il en lui-même, *nous allons lui en écrire, nous, des poèmes, pour alléger sa peine!*

Il ne fit ni un ni deux, laissa le chat dans les bras du vieil artiste, tourna les talons, rentra chez lui et convoqua tous ceux qui avaient appris à aimer les mots grâce à Pasqualino, puis leur expliqua : « Chacun d'entre nous doit préparer un poème, et nous irons lui réciter nos vers pour lui changer les idées. »

Une semaine plus tard, des dizaines de nouveaux poètes se présentèrent ensemble chez Pasqualino. Ils avaient le cœur et les bras chargés de poèmes qu'ils se mirent à réciter sans plus tarder. Oh ! Ce que Pasqualino entendit alors le fit frémir d'horreur... ou lui donna le goût de rire si fort que son visage s'empourpra. C'est qu'on ne devient pas poète du jour au lendemain ! Ainsi, le ramoneur déclama avec cœur :

Ô minou tout doux, quel courroux
De ne plus pouvoir te donner
    de bisous !
Ô douleur quand le bonheur
Déserte le cœur
De celui dont le chat meurt !

Pasqualino se désespérait d'entendre les mots ainsi malmenés dans la bouche de ces poètes improvisés. Mais il craignait de les blesser, alors il continua à écouter sans trop laisser voir sa contrariété, caressant le chat de Rosario sur ses genoux. Le ronronnement du chaton l'apaisa. Puis doucement, tout doucement, au fil des mots, des rimes, Pasqualino se mit à entendre *autre chose*. Oui, des paroles s'étaient faufilées entre les mots, et ce fut le cœur du poète qui les entendit le premier : *Nous t'aimons, Pasqualino, et nous sommes avec toi dans la tristesse comme dans la joie, nous ne t'abandonnerons pas.*

Quand tous les textes en vers eurent été récités, Pasqualino eut la révélation d'une grande vérité. Plus que les mots eux-mêmes, plus que les rimes, plus que les poèmes, c'était sa générosité que les gens avaient toujours appréciée. Les mots qu'il leur avait offerts avaient immortalisé leur bonheur, mais aussi atténué leur détresse. Ses amis nouveaux poètes étaient venus faire la même chose pour lui.

Le visage de Pasqualino s'éclaira alors d'un tel sourire que les gens se mirent à applaudir. Une lueur espiègle passa dans les yeux du poète lorsqu'il prit la parole : « Disons que vous m'avez apporté le mot « lumière ». Voyons ce que j'en ferais...

Vous avez jeté au feu
Ma peine et mes peurs.
Les flammes se sont agitées,
Le feu a crépité.
Dans la lumière,
J'ai vu vaciller
Puis s'envoler le triste passé.
Et voilà que les mots, enfin,
Peuvent se remettre à chanter... »

7

Une fleur
et son jardinier

Il était une fois une fleur comme il ne s'en était jamais vu. La nuit, frileuse, elle s'enroulait autour de sa tige et laissait retomber sa tête, lourde de sommeil. Dès le lever du jour, toutefois, elle quittait cette position et se dressait à nouveau, fière, au sommet de son pédoncule. C'était alors pure beauté de la voir déployer ses pétales un à un dans la lumière du matin. On aurait dit une reine dans une robe de satin clair, étalant ses plus beaux atours.

Cette reine vivait très loin d'ici, aux confins du monde, dans une région où l'air vivifiant provoquait parfois des étourdissements.

Or, un jour, elle tomba malade. C'était très mal choisir le moment, car le jardinier était en vacances. La mine pâle, le corps affaissé, elle s'étiolait rapidement et ses admirateurs commencèrent à s'inquiéter. On s'interrogea sur les causes du mal, on spécula sur les remèdes possibles, mais personne, à vrai dire, ne savait comment intervenir. Craignant que la jolie reine ne rencontre avant la fin du jour sa dernière heure, on envoya quérir le jardinier qui prenait ses vacances au bord de la mer. On l'implora de revenir auprès de sa protégée pour la soigner.

À la surprise générale, la fleur se rétablit complètement quelques heures à peine après le retour de son bienfaiteur. Comment expliquer un tel changement ? La raison était simple, mais demeura longtemps un secret : la belle se mourait d'amour pour son jardinier et n'avait pu supporter la séparation.

Elle aimait cet homme depuis le premier jour de leur rencontre. Ce n'était pas qu'il fût beau. Ses cheveux grisonnants vivaient en broussaille sur sa tête ; sa barbe hirsute lui donnait un air un peu rustre ; ses yeux mi-gris, mi-bleus, par contre, gardaient souvent la trace des nuages qui avaient défilé dans le ciel au moment où son regard s'était levé pour scruter l'horizon. Non, ce qui avait séduit la fleur, c'était les mains du jardinier, des mains qui, au demeurant, l'avaient d'abord effrayée. Un frisson parcourait la délicate plante lorsqu'elle se rappelait la première fois qu'elle les avait vues approcher. Deux grosses pattes velues, aux doigts tachés et noueux, et sur le dos desquelles couraient de petites veines bleues. Même le bout des doigts, couvert de corne, n'inspirait pas confiance. La fleur, si elle avait eu des jambes, les aurait alors prises à son cou et se serait enfuie très loin.

Lorsque l'inconnu avait approché ses doigts de la fleur la première fois, celle-ci, saisie de frayeur, avait failli s'évanouir et dégringoler en bas de sa tige. Elle avait fermé les yeux, horrifiée à la vue de ces vilaines mains qui venaient vers elle.

Mais dès que les doigts l'avaient effleurée, un miracle s'était produit : la belle avait frémi de plaisir sous la douceur, la légèreté de ce toucher qui se voulait un hommage à sa beauté. Comme elle s'était sentie aimée ! Dès lors, elle tomba éperdument amoureuse de son jardinier.

Comment, cependant, déclarer son amour ? La belle avait réfléchi à la question pendant des semaines. Elle n'avait pas encore trouvé la réponse, lorsque le jardinier partit en vacances. Quand il revint précipitamment, pour les raisons que l'on connaît, sa protégée redoubla d'ardeur pour trouver une solution à son problème, pour découvrir la façon de lui exprimer sa passion.

Puis, une nuit qu'elle dormait, enroulée autour de sa tige, elle eut une révélation : elle rêva à une fleur, en tous points identique à elle-même, qui se livrait à une étrange gymnastique. Au moment où une main inconnue s'approcha d'elle, cette fleur inclina la tête et recourba un de ses sépales vers le bas, là ou un doigt approchait. Quand le doigt toucha la tige, le sépale se referma délicatement sur lui, comme en signe muet de bienvenue.

La fleur s'éveilla en proie à deux émotions très vives mais contradictoires : elle ressentait une grande joie parce qu'elle croyait avoir enfin trouvé le moyen de déclarer son amour mais, en même temps, quelle détresse assaillait son cœur, car un tel exploit ne pouvait s'accomplir que dans la magie des rêves !

La détermination de la belle, toutefois, n'avait d'égal que son amour. Elle décida donc qu'elle tenterait par tous les moyens de réaliser son rêve.

Plusieurs croient que les fleurs sont des êtres fragiles et capricieux. Ah ! Il aurait fallu voir avec quel courage et quel acharnement celle-ci se mit au travail. Elle travailla tant et si bien, d'ailleurs, qu'au bout de quelques mois, son corps finit par obéir et exécuter les gestes qu'elle lui commandait.

C'est ainsi qu'un matin, le jardinier, en s'approchant de son amie, l'aperçut inclinant la tête. Étonné et ravi, il sourit comme un enfant. Et ce n'est pas tout. Quand les doigts du jardinier se posèrent sur la tige, juste sous le calice, un sépale se recourba et lui caressa le pouce et l'index. Le sourire du jardinier, cette fois, devint éclatant. La fleur ne se tenait plus de joie : elle avait réussi son exploit !

Ce jour-là, le jardinier tomba à son tour éperdument amoureux de la fleur. Quoi de plus beau, n'est-ce pas, qu'un grand amour partagé ? À partir de ce moment, il ne fut plus jamais question de séparation, même pour des vacances…

devint éclatant. La fleur ne se tenait plus de joie : elle avait réussi son exploit !

Ce jour-là, le jardinier tomba à son tour éperdument amoureux de la fleur. Quoi de plus beau, n'est-ce pas, qu'un grand amour partagé ? À partir de ce moment, il ne fut plus jamais question de séparation, même pour des vacances...

8

Un personnage,
trois visages

Il était une fois, sur une planète nommée Pickle-Wickle, une petite fille qui chantait des berceuses aux étoiles, le soir, pour les endormir. C'était là un travail fatigant, car les étoiles, bien souvent, ne s'endorment qu'au petit matin.

La fillette s'appelait Misty – et Polska et aussi Yule-Trick. Oui, elle portait trois noms différents. Le lundi et le mardi, elle s'appelait Misty ; le mercredi, le jeudi et le vendredi, Polska ; la fin de semaine, elle devenait Yule-Trick. Étonnant, n'est-ce pas ? Plus étrange encore, ce petit bout de femme changeait aussi d'apparence et de personnalité trois fois la semaine. N'oublions pas qu'elle habitait une planète loin de la nôtre et que, forcément, les choses, là-bas, se passaient différemment.

Donc, il y avait d'abord Misty, la plus grande et la plus rêveuse des trois. Ses antennes étaient rouges et lui permettaient de dormir suspendue au plafond. Misty avait bon caractère, mais comme elle était extrêmement gourmande, il fallait parfois l'empêcher de manger trop de guignacées : cela lui donnait des indigestions. La guignacée était une plante qui poussait seulement sur la planète Pickle-Wickle. Son goût se rapprocherait de notre réglisse noire.

Misty exerçait le plus beau métier du monde : elle collectionnait les poèmes. Tous les jours, elle sillonnait sa planète, en quête de nouvelles œuvres à ajouter à son répertoire. Il importe de préciser ici que, dans toute la galaxie, c'était la planète Pickle-Wickle qui possédait le plus grand éventail de poèmes, et le plus grand nombre de livres aussi. Cependant, au lieu de regrouper tous les livres en un seul lieu, là-bas, on les partageait entre toutes les maisons de Pickle-Wickle. Ainsi, bien que chaque maison eût son architecture et sa personnalité propres, on trouvait dans chacune une pièce identique, remplie de soleil, de fleurs, de fauteuils confortables – et de livres, bien sûr, beaucoup de livres.

La famille de Misty conservait les livres d'enfants. Ses voisins de droite se spécialisaient dans les livres de voyage. Tout le monde savait quels livres étaient gardés dans quelle maison. Et le soir, après le souper, les gens se promenaient d'une maison à l'autre pour aller bouquiner chez leurs voisins. C'était là d'ailleurs la principale activité sociale des habitants de Pickle-Wickle.

Mais revenons à notre curieux personnage. Lorsque le mercredi arrivait, Misty se transformait en Polska et le demeurait jusqu'à la fin de la semaine. Polska, autant le dire tout de suite, avait un regrettable défaut : elle volait des guignacées à Misty et subtilisait des livres dans les bibliothèques des autres. Il faut cependant ajouter que Polska n'avait pas son pareil pour lire des histoires et des poèmes à voix haute, et son public, des frissons dans le dos, en redemandait toujours. Polska possédait un autre don exceptionnel : elle pouvait marcher sur l'air, la chanceuse ! Quelquefois, elle montait même jusqu'aux étoiles pour leur fermer les yeux quand la nuit achevait et qu'elles n'étaient pas encore parvenues à s'endormir. Il lui arrivait également de passer quelques jours dans la jolie prison de Pickle-Wickle, après avoir commis un vol de guignacées ou de livres. Mais elle n'y restait jamais longtemps : elle réussissait à émouvoir le gardien ou la gardienne, et même à les faire pleurer en récitant sur un ton déchirant *Le Prisonnier de Chillon,* composé par le terrien Lord Byron.

La fin de semaine, une autre transformation s'opérait chez la jeune fille : celle-ci devenait alors Yule-Trick, et elle se déplaçait non pas en marchant sur l'air, mais en roulant son joli corps-tonneau sur les routes de la planète. Elle ne tenait pas en place. Le samedi, elle assumait les fonctions de présidente-mairesse-enchef de la planète. Signer des montagnes de papiers ne l'enchantait guère ; il fallait pourtant bien que quelqu'un s'acquitte de cette tâche ingrate mais nécessaire.

Par contre, Yule-Trick adorait le dimanche matin, car elle époussetait alors les bibliothèques de trois maisons. Ce travail lui permettait de découvrir quantité de nouveaux livres qu'elle retournerait lire dans ses heures de loisirs. Elle affectionnait particulièrement les bandes dessinées.

L'après-midi, elle devenait gardienne à la prison de Pickle-Wickle. Ce travail n'était pas exigeant, car cette institution n'accueillait que rarement des prisonniers. L'argent n'existant pas sur cette planète, on y rencontrait peu de voleurs. Cependant, comme on l'a dit, on y volait parfois des guignacées et des livres. C'est ainsi d'ailleurs que Yule-Trick avait entendu parler de Polska, la voleuse de livres. Ah ! Yule-Trick aurait bien aimé la rencontrer pour l'entendre réciter ce fameux poème du *Prisonnier de Chillon*. Mais Yule-Trick et Polska ne s'étaient, évidemment, jamais rencontrées !

En fait, ni Yule-Trick, ni Polska, ni Misty ne se doutaient de l'existence des deux autres. Comment imaginer, d'ailleurs, qu'on puisse vivre sous trois aspects différents ! C'est seulement la nuit, quand Yule-Trick, ou Polska, ou Misty chantait sa berceuse aux étoiles, qu'elle éprouvait une sensation étrange, comme si elle entendait l'écho de sa voix traverser deux fois la nuit.

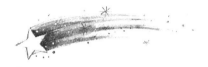

9

Un étrange collectionneur

« **P**ervenche ». Il était une fois le mot « pervenche », blotti bien au chaud dans l'oreille d'un petit garçon qui venait de se réveiller. « Pervenche », répéta à voix haute Manuel quand il ouvrit les yeux ce matin-là.

L'enfant avait entendu ce terme pour la première fois la veille, dans la bouche rose et ronde de la nouvelle voisine. En apercevant Manuel, elle s'était exclamée :

« Quel joli petit homme ! Quels beaux yeux ! Des yeux pervenche... » Le garçon avait fui la bouche rose et les ongles rouges qui avaient tenté de s'approcher. Puis il avait quitté le salon en courant, allant se réfugier dans sa chambre. Là, il avait contemplé son nouveau trésor, ce mot étrange qu'il venait d'entendre.

Il en ignorait la signification, mais ce mot l'avait séduit dès qu'il avait franchi les lèvres de la voisine, s'élevant puis flottant dans les airs, enveloppé dans sa bulle de mystère.

Manuel, voyez-vous, collectionnait les beaux mots. Certains l'avaient parfois tant charmé que Manuel avait passé de longues journées à les caresser dans sa tête. Quand il avait découvert le nom « nénuphar », par exemple, il l'avait prononcé cent fois au moins, en allongeant le son « phar » jusqu'à ce que des images d'eau et de lumière le remplissent tout entier.

Les mots, pour Manuel, ressemblaient à des boîtes magiques qui, une fois ouvertes, laissaient s'échapper des images, des notes de musique, parfois même des odeurs. Grâce au séduisant « nénuphar », l'imagination de Manuel avait dérivé pendant des jours, bercé par le clapotis de l'eau.

Quand les trois syllabes « per-ven-che » avaient pénétré son oreille, elles lui avaient aussi apporté leur cortège d'images et d'odeurs. Des odeurs de lavande, d'amande et de coriandre. L'image d'un ange s'était formée aussi dans son esprit, un ange aux ailes gelées parce qu'il faisait un froid à pierre fendre.

Manuel s'était envolé sur les ailes de l'ange pervenche, jusqu'à ce que le sommeil vienne le cueillir sur son nuage bleu-mauve.

Quand il s'était réveillé, tout de suite son esprit avait prononcé les sons doux, «pervenche», comme si le matin voulait lui offrir à nouveau le mot en cadeau.

Manuel le répéta avec une joie profonde en quittant son lit, puis sa chambre. Dans la cuisine, le reste de la famille l'attendait pour le petit-déjeuner. Le garçon dit bonjour et ajouta, comme une offrande, «pervenche». Sa mère sourit à son tour.

— Sais-tu ce que cela signifie? lui demanda-t-elle en lui tendant une tartine de confiture.

— Non, la dame ne l'a pas dit.

Mas ni sa mère ni son père ne lui expliquèrent le sens de «pervenche». Ni sa sœur aînée. C'est qu'il fallait attendre que Manuel soit prêt. C'était ainsi depuis toujours. Manuel avait ses raisons. Certains mots explosaient comme des feux d'artifice. Leur seule évocation faisait jaillir dans l'esprit du garçon des images vives et colorées. Des gerbes de lumière éclataient dans l'espace, des poussières brillantes et multicolores retombaient ensuite doucement au fond de l'air. Manuel ne savait encore rien de ces mots; il les entendait pour la première fois. Leur signification pouvait attendre. Oui, l'enfant voulait d'abord entendre la musique du mot, admirer sa forme et ses couleurs, le sentir caresser son oreille. Après, seulement, acceptait-il d'ouvrir le dictionnaire.

Le garçon éprouvait d'autant plus de plaisir avec son nouveau trésor qu'il était certain que le terme représentait quelque chose de beau, puisque la voisine l'avait prononcé avec ravissement. Quelle déception il avait ressentie en apprenant que le joli nom «colifichet» ne désignait qu'une babiole sans intérêt! Il arrivait, en effet, que des mots ravissants ne révèlent rien d'intéressant.

Manuel ignora pendant longtemps le sens de «pervenche». La raison en est fort simple: alors qu'il en contemplait encore les rondeurs et les résonances, un autre mot tomba dans le creux de son oreille et lui fit oublier tout le reste. Il s'agissait du nom «sortilège». Manuel, comme par enchantement, avait été parachuté dans un immense parc d'amusement où des milliers d'enfants, après avoir enfourché des chevaux de liège, s'étaient élancés à travers des déserts de neige.

Plus tard, beaucoup plus tard, une jeune fille un peu timide s'était approchée de Manuel et lui avait tendu un bouquet de fleurs délicates.

— Je les ai cueillies près de chez moi, dans le sous-bois, lui dit-elle gentiment.

Puis elle ajouta, alors qu'un peu de rose montait à ses joues :

— Je n'ai pu leur résister. Leur délicieuse couleur bleu-mauve... Comme elles me rappelaient tes yeux...

Étonné, ému, Manuel lui posa la première question qui lui vint à l'esprit :

— Comment s'appellent ces jolies fleurs ?

— Oh, ne le sais-tu pas ? Ce sont des pervenches, répondit la jeune fille dans un souffle.

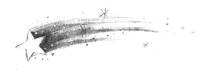

10

Un génie se méfie des calories

Il était une fois un petit garçon qui eut le grand bonheur de voir un de ses rêves les plus chers se réaliser. Il trouva une lampe magique, identique à celle d'Aladin.

Il l'avait trouvée par hasard, dans le grenier de sa grand-mère, par une journée de pluie et de grand ennui. Sa grand-mère, qui se désolait de le voir tourner en rond dans la maison, lui avait suggéré d'aller explorer le grenier : « Tu y trouveras sûrement de quoi t'amuser et occuper ta journée!» Sébastien était monté à contrecœur, redoutant les souris et les araignées. Mais il se prit vite au jeu et devint chercheur de trésors improvisé. Et quel trésor il dénicha! Il reconnut immédiatement la lampe quand il l'aperçut au fond d'une vieille malle qui sentait le moisi. Il n'en croyait pas ses yeux! Quelle chance inouïe il avait!

Le garçon avait rapporté l'objet chez lui, avec la permission de sa grand-mère. Celle-ci ne se doutait pas le moins du monde que sa vieille lampe était dotée de pouvoirs magiques. Ah! dire qu'enfin Sébastien allait pouvoir s'offrir tout ce qu'il désirait!

Dans le secret de sa chambre, le garçon frotta la lampe. Un génie en sortit aussitôt. Il gesticulait et toussait beaucoup. «Ah! Enfin délivré de cette demeure poussiéreuse! Pouah! Cela devenait insupportable, avec mes allergies...»

Ce génie ne ressemblait pas du tout à ceux que Sébastien avait aperçus dans ses livres de contes. Devant lui se tenait un homme très ordinaire, trop ordinaire même. Il n'avait pas un air très sympathique non plus. «Alors, voilà mon

nouveau maître... Hum, j'ai déjà vu pire, remarquez», observa le génie en inspectant Sébastien de la tête aux pieds. Puis, sans attendre de réponse de la part du garçon, il enchaîna d'une voix tranchante :

— Bon, voici les règlements : je ne travaille que cinq jours sur sept, et jamais le soir. Ne me demandez pas de faire pousser l'argent dans les arbres, ni d'utiliser mon tapis magique à des fins touristiques. Et j'exige quatre semaines de congé payées par année.

Ça alors ! Sébastien n'en revenait pas. Il n'avait jamais entendu parler de génies qui imposaient leurs conditions ! Voulant toutefois faire bonne impression, le garçon se hâta de le rassurer :

— Ce sera comme vous voulez, je ne suis pas très difficile, vous verrez... Euh, que diriez-vous, maintenant, si on se mettait quelque chose sous la dent pour célébrer votre engagement ?

Le génie lui répondit, en poussant un soupir :

— Tiens, un autre extravagant qui voudra des mets compliqués, des plats exotiques... Et qu'est-ce que monsieur entend, exactement, par «quelque chose à se mettre sous la dent » ? demanda-t-il à Sébastien, le sourire crispé.

— Eh bien, nous pourrions commencer par un gâteau aux amandes accompagné d'un lait frappé aux framboises, qu'en dites-vous ? Nous pourrions continuer avec des crêpes fourrées aux truffes et nappées de crème chantilly, le tout arrosé de sirop d'érable…

Sébastien, on l'aura deviné, était un garçon très gourmand. Et s'il avait tant désiré trouver une lampe magique, c'était pour s'offrir quantité d'aliments sucrés.

Le génie, d'abord étonné de cette étrange commande, finit par s'en réjouir : quoi de plus facile que de faire apparaître des crêpes ! Il croisa les bras, ferma les yeux et fit un petit signe de la tête. En un instant apparurent tant d'appétissants desserts sur le pupitre de Sébastien, que le garçon en demeura bouche bée. Ses yeux brillaient. Il avait obtenu toutes les douceurs demandées, et plus encore : sur la jolie nappe, entre deux bouquets de fleurs somptueux, il vit aussi un sorbet aux mûres, un pudding au caramel fumant, un flan, une mousse aux abricots, des gâteaux à la crème et des glaces au chocolat.

Sébastien invita le génie à partager ce festin avec lui. «Mais je n'ai jamais mangé de ces choses-là!» protesta le génie. Sébastien insista. Puis, la curiosité aidant, le génie consentit à goûter au sorbet, puis au flan, ensuite à la mousse, allant ainsi de délicieuses surprises en exquises découvertes. Il se dit à lui-même, en se léchant les doigts : *Ce petit bonhomme a de bien meilleurs goûts que tous mes anciens maîtres réunis!*

Au terme du repas, le génie était conquis. Sébastien, lui, se réjouissait d'avoir un ami avec qui partager son péché mignon.

Plusieurs semaines passèrent. Les parents s'inquiétaient du manque d'appétit de leur fils aux repas, et s'étonnaient en même temps de le voir prendre autant de poids! Ils ignoraient que Sébastien, dès la fin des repas, regagnait sa chambre où son complice et lui s'empiffraient de desserts. De plus, comme le génie avait beaucoup voyagé, il proposait des gâteaux raffinés, des sauces alléchantes et des biscuits savoureux provenant des quatre coins du monde.

Or, un soir que le génie, comme à son habitude, se préparait à retourner dans sa lampe pour y passer la nuit, un drame se produisit. Le génie avait tant engraissé depuis qu'il partageait les goûts culinaires de son nouveau maître, qu'il ne put réintégrer sa lampe. Au moment même où il faisait cette découverte désastreuse, des pas se firent entendre. C'était le père de Sébastien qui venait souhaiter une bonne nuit à son fils. Que faire ? Les pas se rapprochaient. Le génie *devait* retourner dans sa lampe à tout prix ! Heureusement, il eut un éclair… de génie ! Il ôta en un tournemain son pull épais et ses grosses pantoufles doublées en mouton, puis il tenta à nouveau de se glisser dans la lampe…. et il y arriva, mais de justesse ! Ouf ! ils étaient sauvés, pour cette fois en tout cas !

Le lendemain matin, le génie, encore secoué par les événements de la veille, déclara solennellement :

— Je me mets au régime dès aujourd'hui, et je vous conseille d'en faire autant.

Sébastien ne voulut rien entendre :

— C'est hors de question ! Je ne pourrais plus vivre sans ma ration quotidienne de succulents desserts.

Le génie insista. Sébastien ne céda pas. Le génie se fâcha, plia bagages, retourna dans sa lampe et ne montra plus son visage.

Sébastien eut beau frotter la lampe pendant des jours, appeler son ami, rien n'y fit.

Il en perdit l'appétit.

Heureusement, le génie avait bon cœur et accepta de revenir… mais avec de folles idées de cuisine minceur ! Pour garder son ami, le garçon dut se résigner : il accepta de manger un peu plus de légumes et de fruits – mais dimanche fut déclaré jour de gâteaux nappés de crème chantilly !

11

La grande
voyageuse

Il était une fois une petite goutte d'eau qui s'ennuyait ferme dans son nuage. Jour après jour, nuit après nuit, elle soupirait d'ennui.

Certes, vivre dans un nuage comporte des avantages : les jours s'écoulent dans la douceur et la fraîcheur. Et puis, la compagnie de milliers d'autres goutelettes n'est pas à dédaigner non plus. Mais que faire, tout le temps, sinon parler de la pluie et du beau temps? Les journées, parfois, semblaient interminables. Comme elle aurait aimé faire le grand saut, quitter son nid, voyager, voir du pays!

Une nuit, pendant qu'elle dormait, rêvant qu'elle chevauchait un cumulonimbus, la gouttelette fut réveillée brusquement. Une violente secousse la projeta contre les autres gouttelettes endormies à ses côtés. Tirées elles aussi de leur sommeil, les autres gouttes percèrent l'obscurité de leurs cris affolés. Mais leurs cris furent vite étouffés par un bruit plus assourdissant encore, celui d'une formidable explosion en plein ciel.

C'est que deux gros nuages noirs, dont celui qu'habitait la gouttelette, venaient d'entrer en collision. Le désir de la gouttelette allait enfin se réaliser: elle allait bientôt quitter son nuage et entreprendre un long, un très long voyage jusque... jusqu'où, au fait? Elle n'en avait pas la moindre idée.

En réalité, elle n'était plus sûre du tout de vouloir voyager. Les éclairs qui l'aveuglaient, le tonnerre qui grondait... tout cela la terrifiait beaucoup. Cette cacophonie dans la nuit, à laquelle se mêlaient les cris de ses sœurs effrayées, n'avait rien de rassurant.

Mais il était déjà trop tard pour les regrets : la petite goutte d'eau fut brutalement expulsée de son nuage et engloutie par la nuit... Oh ! mais quelle nuit ! Une nuit d'encre zébrée d'éclairs, secouée par le tonnerre ! Sans compter cette mystérieuse force, dans les ténèbres, qui entraînait la goutte dans une chute incontrôlable.

La voyageuse, apeurée, prise de vertige, crut un instant qu'elle allait défaillir. Cette traversée de la nuit, au cœur d'un orage déchaîné, n'était pas du tout ce qu'elle avait voulu dire par « voir du pays ». Ce n'était pas non plus le « grand saut » dont elle avait rêvé, mais plutôt une véritable descente aux enfers.

La petite goutte d'eau avait peur. Elle avait froid. Elle tremblait. Elle craignait que son voyage, sa chute sans fin ne la mène vers un tragique destin. Comme elle regrettait son nuage doux et confortable ! Les larmes qui remplissaient ses yeux semblèrent tout à coup l'alourdir et précipiter sa dégringolade vers la Terre...

À vrai dire, la Terre arriva si vite que la goutte, sous l'impact, perdit conscience. Avant de s'évanouir, une pensée traversa son esprit : *Voilà, c'est fini, je vais mourir.*

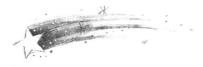

Un bruit inconnu – était-ce un léger tintement ? – tira la gouttelette de son sommeil. Oui, il s'agissait bien d'un tintement, tout léger, presque gai. La gouttelette songea : *C'est de la musique d'ange, sûrement.* Elle se souvenait des airs que les chérubins jouaient, juste au-dessus d'elle, quand elle habitait encore son nuage. La gouttelette garda les yeux fermés, savourant son bonheur. Fini, les coups de tonnerre ; fini, les éclairs ; fini, le sifflement de l'air contre ses oreilles pendant la chute interminable ! La gouttelette se laissa bercer par les délicieux sons clairs qui semblaient avancer vers elle à petits pas enjoués. Elle imaginait qu'un souffle très doux agitait quelques minuscules éclats de cristal, les faisant s'entrechoquer délicatement, produisant un adorable « cli-que-ti, cli-que-ti ».

La goutte eut envie d'ouvrir les yeux, mais la peur la retenait : que verrait-elle ? où était-elle ? qu'était-elle devenue ? Chaque nouvelle question l'effrayait un peu plus, la paralysait davantage. Puis, rassemblant son courage, tout le courage dont peut faire preuve une petite goutte d'eau qui rêve de devenir une grande voyageuse, elle entrouvrit les paupières.

Ce qu'elle aperçut alors, en ce matin d'automne, transforma sa peur en un bonheur aussi intense qu'inattendu. Tout, autour d'elle, brillait, scintillait. Il y avait d'abord le soleil qui, au lendemain d'une tempête de neige imprévue, avait déposé des milliers de diamants minuscules sur le drap blanc qui couvrait les champs. Puis, au-dessus des champs, tout ce que le regard rencontrait était couvert de glace : les troncs, les branches et même les cimes des arbres, les fils électriques, les toits des maisons au loin. Chaque chose, sous l'éclat du soleil, semblait s'être transformée en magnifique sculpture étincelante, taillée par des mains de fée.

La gouttelette, devenue elle-même partie de ce décor de glace, avec ses amies, fut ravie de ce changement soudain dans sa vie. Puis, son attention fut sollicitée à nouveau par le tintement qui parvenait à ses oreilles. Elle s'aperçut qu'il provenait des arbres dont les plus petites branches, les ramilles, s'entrechoquaient légèrement. C'était leur destin, semblait-il, en ce jour de verglas, de devenir musiciennes dans un orchestre improvisé. Seul leur tintement divin agitait un peu l'air. Tout le reste demeurait immobile, plongé dans le silence, comme pour protéger la fragile beauté des trésors qui ne vivent qu'une journée.

Un autre bruit, celui-là plus faible encore, parvint ensuite aux oreilles de

la gouttelette. C'était le chant d'un ruisseau. La goutte, perchée sur la branche
d'un arbre qui surplombait l'étroit cours
d'eau, l'aperçut au-dessous d'elle. «Tiens!
se réjouit-elle, un nouveau musicien
pour notre orchestre!»

Un peu plus tard, le soleil monta à
l'horizon. L'air se réchauffa, quelques
branches se mirent à transpirer...

Plouc! Oups! Voici la gouttelette qui
tombe à l'eau! Le ruisseau l'emporte, un
chant nouveau s'élève. Jusqu'où ira la
goutte, jusqu'où coulera le ruisseau?
Suivez le ruisseau, suivez la rivière;
suivez le fleuve, suivez la mer; il n'y aura
jamais de fin à ce mystère...

12

Tibor, prince
des curieux

Il était une fois un jeune prince qui exaspérait ses parents. « Pourquoi le vent cache-t-il son visage ? Pourquoi les rivières courent-elles si vite ? Où vont-elles ? Que fait le soleil tout seul dans son lit, la nuit ? Pourquoi suis-je un prince ? Pourquoi ? Pourquoi ? » Du matin jusqu'au soir, le prince Tibor harcelait ses parents de questions.

Ne vous méprenez pas, Tibor était un enfant adorable. Seules ses questions incessantes éprouvaient la patience du roi et de la reine. C'est qu'ils ne savaient pas toujours quoi répondre à leur fils! Un jour, le prince avait demandé:

— Pourquoi n'avons-nous pas des yeux tout autour de la tête? On y verrait bien mieux!

La reine, qui n'était pas dénuée d'humour, avait quand même répliqué, cette fois:

— Estime-toi chanceux d'en avoir deux, tu aurais pu naître cyclope!

— Mais, qu'est-ce qu'un cyclope? avait rétorqué son fils...

Et voilà, c'était reparti!

Tibor était né curieux, il n'y pouvait rien. Il voulait percer le mystère de toute chose. Il observait les chevaux, les chiens, les oiseaux, les fourmis même. Quand il croquait une pomme ou une carotte, il se demandait comment le fruit ou le légume avait poussé; quand il buvait du lait, il s'interrogeait sur le miracle qui s'était produit dans le ventre de la vache pour qu'en sorte le liquide blanc. Il tenait son couteau distraitement une seconde, puis, la suivante, il se demandait comment il avait été conçu, et quel métal était entré dans sa fabrication.

Évidemment, le prince s'intéressait aussi beaucoup aux humains. Il apprit d'ailleurs à mieux les connaître en écoutant attentivement les réponses qu'ils donnaient à ses questions.

Les paresseux et les ignorants répondaient toujours, sans même réfléchir : « Je ne sais pas. »

Les prétentieux s'exclamaient : « Hum ! Voilà une question fort pertinente ! »

Les ignorants prétentieux, eux, hasardaient des réponses insensées. Le comte Dandrieux faisait partie de ceux-là. Lorsque le prince Tibor lui avait demandé pourquoi, pendant un orage, l'éclair se manifeste avant le bruit du tonnerre, il avait affirmé : « C'est très simple : ils partent tous deux des nuages en même temps, mais le tonnerre n'a pas le sens de l'orientation, alors il s'égare en route et arrive toujours en retard ! » Tibor avait jugé cette réponse indigne d'un adulte. Tout compte fait, il préférait les ignorants tout court aux ignorants prétentieux.

Les catégories de personnes que le prince aimait par-dessus tout étaient cependant les penseurs, les chercheurs et les simples curieux, comme lui.

Sa tante Adélaïde, par exemple, appartenait à la catégorie des penseurs. Toute la journée, elle réfléchissait à la meilleure façon pour son frère de gouverner le pays, d'éviter les guerres inutiles. Les parents de Tibor la consultaient pour toutes les affaires du royaume, car sa pensée était éclairée, droite et juste.

Le baron Eurékaner, lui, incarnait le modèle parfait du chercheur. Dans un laboratoire obscur attenant au château, il se livrait à toutes sortes d'expériences. La transformation des métaux ordinaires en or les intéressait particulièrement, ses amis alchimistes et lui.

Mais c'est la compagnie du jardinier Samuel, un curieux comme lui, que recherchait le plus le prince. Ensemble, ils retournaient les pierres pour admirer la lente démarche des limaces ; ils surveillaient la croissance puis l'éclosion des fleurs ; ils s'émerveillaient de la graine qui, mise en terre, avec un peu de soleil et d'eau, devenait chou, carotte ou betterave. Ils scrutaient le ciel, essayant de comprendre quels nuages apportaient l'eau, lesquels apportaient le vent.

Tibor ne vivait pas à l'ère des dictionnaires et des encyclopédies. Il est si facile, aujourd'hui, de savoir que la lumière voyage plus vite que le son, ce qui explique qu'on aperçoive l'éclair avant d'entendre le tonnerre.

Doit-on se désoler pour Tibor, souhaiter qu'il eût vécu en notre siècle ? Rien n'est moins sûr... Le prince Tibor vivait heureux avec ses questions. Elles lui permettaient de rêver, de chercher, d'explorer, de découvrir. Certes, Tibor aurait sans doute tiré grand profit et grand plaisir des connaissances et des technologies modernes. Songeons cependant que chaque réponse qu'il trouvait, il ne la devait qu'à lui seul, c'est-à-dire à sa curiosité, à son sens de l'observation, à son esprit de déduction et à sa patience.

C'est d'ailleurs grâce à son extraordinaire curiosité que le prince Tibor sauva un jour la vie de tous les gens du royaume.

Tibor avait en effet découvert, alors qu'il explorait le château de fond en comble, une porte secrète donnant accès à un long passage souterrain. Il avait suivi le couloir et débouché sur de vastes

galeries. Jugeant que ces galeries pour-
raient devenir un abri sûr en cas de danger, il ne souffla mot à personne de sa
découverte. Après tout, une cachette
n'en est plus une si tout le monde connaît son existence !

Quelques années plus tard, une nouvelle terrible courut dans le royaume : le
roi du pays voisin, le violent et sangui-
naire Rucus, avançait avec ses soldats
vers le pays de Tibor en vue de le conqué-
rir et de le soumettre. Le jeune prince,
sans hésiter, regroupa tous les sujets du
royaume et les invita à se mettre à l'abri
dans les galeries souterraines du château. Lorsque le roi ennemi entra dans
la ville avec son armée, il ne rencontra
âme qui vive. De plus, tout avait l'air
saccagé, en ruine. C'est que le peuple
de Tibor, qui comptait de nombreux
artistes, avait pris soin, avant d'aller se
réfugier dans les galeries, de déguiser le
royaume en un territoire ravagé, détruit
par un tremblement de terre qui aurait
enseveli tous les habitants.

À la vue de ce pays désolant et stérile,
le roi Rucus rebroussa chemin et ne
revint plus jamais.

Après le départ des troupes hostiles, le royaume célébra pendant des jours et des jours la victoire de l'intelligence sur la cruauté. Les parents de Tibor, eux, avaient une raison de plus de se réjouir : leur fils venait de leur démontrer de façon irréfutable que la curiosité insatiable était une preuve d'intelligence et qu'elle pouvait comporter d'inestimables avantages !

13

La globe-trotter sédentaire

Il était une fois une petite fille ronde comme la Lune. Babette, disons-le tout net, adorait se sucrer le bec. Chocolat, nougat, baba au rhum : elle en avait tant mangé qu'elle était devenue énorme.

Évidemment, ses parents se faisaient du mauvais sang à son sujet. Leur fillette n'avait pas encore atteint dix ans, que déjà elle ne pouvait plus se pencher pour attacher ses souliers.

On aurait pu croire que ses camarades de classe se moquaient souvent d'elle, car sa taille pouvait attirer les sobriquets. Pourtant, fait étonnant, il n'en était rien. Babette demeurait au contraire une des élèves les plus populaires de l'école. Pourquoi? Parce qu'elle possédait deux qualités très recherchées : elle avait un grand cœur et beaucoup, énormément d'imagination. Grâce à elle, son école pouvait même se vanter d'avoir la cour de récréation la plus paisible en ville. Chaque jour, à la pause, on pouvait apercevoir Babette qui distribuait bonbons et histoires à un large auditoire.

Babette continua de vieillir et de s'arrondir. Elle traversa l'adolescence avec bonheur, découvrant au fil des ans toutes sortes de nouvelles saveurs. Elle délaissa cependant un peu les desserts et se tourna vers la haute cuisine avec délectation. Elle réussissait à merveille plusieurs recettes des grandes tables de France. Bientôt, la croustade de barbue Lagrénée et le cervelas de fruits de mer aux truffes et aux pistaches n'eurent plus de secret pour elle.

À mesure que ses expériences prenaient de l'ampleur, sa taille en faisait

autant. Autre coïncidence, le nombre d'histoires qu'elle racontait à son public augmentait en proportion du nombre de centimètres qu'elle ajoutait chaque année à sa taille.

Ses parents devenaient de plus en plus inquiets. « Quand notre Babette quittera l'école, se disaient-ils, que deviendra-t-elle si elle ne s'intéresse qu'à manger ? »

En dépit des apparences, Babette ne s'intéressait pas uniquement à la nourriture. À l'école, elle se passionnait pour l'histoire et la géographie – bien que ce fût surtout à cause de sa gourmandise ! Voyager dans le temps et dans l'espace lui permettait de découvrir les habitudes alimentaires de gens ayant vécu dans les temps reculés ou habitant des pays lointains. C'est ainsi que Babette expérimenta de nombreuses recettes originales et exotiques, pour son plus grand bonheur et celui de ses nombreux amis.

L'histoire et la géographie servaient aussi un autre but, dans sa vie. Un soir qu'elle avait préparé un autre festin pour tous ses copains, on lui demanda, après qu'elle eut fini de raconter une histoire, où elle trouvait les idées pour ses récits. « C'est très simple, avait-elle répondu. Quand je me promène dans les livres, des idées et des images se forment dans ma tête. Elles deviennent ensuite des mots que je mets sur papier. Ils sont bien contents, vous pensez, les mots, quand il deviennent des histoires ! »

Babette arriva à la fin de l'adolescence et devint une jeune femme. Elle termina ses études. Puis le jour arriva où elle voulut quitter le nid familial pour voler de ses propres ailes. « Mais comment prendre son envol quand tant de rondeur nous retient au sol ? » s'inquiétèrent à nouveau ses parents. Ah ! C'était bien mal connaître leur enfant que de redouter ce moment.

Babette loua un quatre et demi avec une immense salle à manger, puis elle plaça une annonce dans un journal. L'article se lisait comme suit :

LA PRESSE : LE JOURNAL DU DEVOIR

« Fais ce que tu penses et pense à ce que tu fais. »

** LES PETITES ANNONCES **

Voyages et gastronomie.
Désirez-vous voyager sans trop dépenser ? Je vous transporterai où vous voudrez, vous ferai découvrir des contrées inexplorées sans vous ruiner. Et je vous offrirai des mets divins à déguster. N'hésitez pas, appelez Babette sans tarder ! Composez immédiatement le numéro sans frais :

1-Fine Bouche/1-346-326-8243

C'est ainsi que Babette devint grand chef privé et raconteuse d'histoires professionnelle. Elle le demeura d'ailleurs toute sa vie. Elle reçut, au fil des ans, des centaines de personnes autour de sa table. Tous mangeaient somptueusement et écoutaient ses histoires avidement.

Quant à Babette, elle put exercer ses deux métiers sans avoir à se déplacer. Quelle chanceuse! Elle n'eut jamais à faire la queue aux arrêts d'autobus, ni à prendre le métro, ni à obéir à un supérieur ou à subir ses humeurs.

On peut imaginer la taille que finit par atteindre Babette dans son vieil âge... Et puis non, ce serait trop difficile à imaginer. Chose certaine, son style de vie, qui n'exigeait que peu de déplacements, convenait bien à une personne de sa taille.

Babette demeura raconteuse d'histoires et grand chef jusqu'à la fin de ses jours. Elle ne prit jamais sa retraite. Un soir, un ami lui demanda pourquoi elle n'avait jamais cessé de travailler. La vieille Babette se mit à rire, ce qui fit frémir tout son corps.

— Mais je ne veux pas cesser de raconter des histoires! C'est ce qui me permet de voyager, de marcher sur la Lune, de voler comme un oiseau!

Son ami, pas tout à fait convaincu, avait répliqué:

— Mais tu ne voyages qu'en imagination! Dans la réalité, tu n'as jamais quitté ta maison.

— Seulement dans mon imagination ? avait répété Babette, incrédule. Mais mon bon ami, quand je raconte une histoire, cela *devient* la réalité ! Je marche alors *vraiment* sur la Lune, je vole, je voyage !

Lorsque Babette mourut, heureuse, satisfaite de sa vie, les médecins qui l'examinèrent en restèrent bouche bée : ils découvrirent, sur ses larges flancs, deux grandes ailes refermées. Dans les replis de sa chair généreuse, ils aperçurent des fragments de Lune restés accrochés. Sous ses talons, ils remarquèrent la présence d'une corne épaisse, comme si la vieille Babette avait vraiment fait plusieurs fois, pieds nus, le tour de la Terre !

Table des matières

1. Visite de nuit à la fabrique 9

2. Corps de pierre,
   cœur de fleur 17

3. Entre Vénus et Mercure 23

4. L'inventeur des inventions 31

5. Conspiration dans le ciel 39

6. Le sculpteur de mots 45

7. Une fleur et son jardinier 55

8. Un personnage, trois visages .. 63

9. Un étrange collectionneur 69

10. Un génie se méfie
    des calories 75

11. La grande voyageuse 83

12. Tibor, prince des curieux 91

13. La globe-trotter sédentaire 99

Christine Bonenfant

J'ai écrit, avec grand bonheur, les histoires de la *Fabrique de contes III* en même temps que celles des deux recueils précédents. Par un étrange concours de circonstances, c'est ici, dans ce livre, que sont regroupés plusieurs de mes contes préférés. J'espère que mes jeunes lecteurs auront autant de plaisir à les lire que j'en ai eu à les écrire!

Derniers titres parus dans la
Collection Papillon

25. **Des matières dangereuses**
   Clément Fontaine

26. **Togo**
   Marie-Andrée et
   Geneviève Mativat

27. **Marélie de la mer**
   Linda Brousseau,
   Prix littéraire Desjardins
   1994 (Traduit en anglais
   et en italien)

28. **Roberval Kid et la ruée
   vers l'art**
   Rémy Simard,
   Prix du livre de fiction
   de l'année 1994

29. **La licorne des neiges**
   Claude D'Astous

30. **Pas de panique, Marcel!**
   Hélène Gagnier

31. **Le retour du loup-garou**
   Susanne Julien

32. **La petite nouvelle**
   Ken Dolphin

33. **Mozarella**
   Danielle Simard

34. **Moi, c'est Turquoise!**
   Jean-François Somain

35. **Drôle d'héritage**
   Michel Lavoie

36. **Xavier et ses pères**
   Pierre Desrochers

37. **Minnie Bellavance, prise 2**
   Dominique Giroux

38. **Ce n'est pas de ma faute!**
   Linda Brousseau

39. **Le violon**
   Thomas Allen

40. **À la belle étoile**
   Marie-Andrée Clermont

41. **Le fil de l'histoire**
   Hélène Gagnier

42. **Le sourire des mondes
   lointains**
   Jean-François Somain
   (Traduit en japonais)

43. **Roseline Dodo**
   Louise Lepire, finaliste au
   Prix littéraire Desjardins

44. **Le vrai père de Marélie**
   Linda Brousseau

45. **Moi, mon père...**
   Henriette Major

46. **La sécheuse cannibale**
   Danielle Rochette

47. **Bruno et moi**
   Jean-Michel Lienhardt

48. **Main dans la main**
   Linda Brousseau

49. **Voyageur malgré lui**
   Marie-Andrée Boucher
   Mativat

50. **Le mystère
   de la chambre 7**
   Hélène Gagnier

51. **Moi, ma mère...**
Henriette Major

52. **Gloria**
Linda Brousseau

53. **Cendrillé**
Alain M. Bergeron

54. **Le palais d'Alkinoos**
Martine Valade

55. **Vent de panique**
Susanne Julien

56. **La garde-robe démoniaque**
Alain Langlois

57. **Fugues pour un somnambule**
Gaétan Chagnon

58. **Le Voleur masqué**
Mario Houle,
finaliste au Prix du livre
M. Christie 1999

59. **Les caprices du vent**
Josée Ouimet

60. **Serdarin des étoiles**
Laurent Chabin

61. **La tempête du siècle**
Angèle Delaunois

62. **L'autre vie de Noël Bouchard**
Hélène Gagnier, Prix littéraire Pierre-Tisseyre jeunesse 1998

63. **Les contes du calendrier**
Collectif de l'AEQJ

64. **Ladna et la bête**
Brigitte Purkhardt,
mention d'excellence au Prix littéraire Pierre-Tisseyre jeunesse 1998

65. **Le collectionneur de vents**
Laurent Chabin

66. **Lune d'automne et autres contes**
André Lebugle, finaliste au Prix du livre M. Christie 2000

67. **Au clair du soleil**
Pierre Roy

68. **Comme sur des roulettes!**
Henriette Major

69. **Vladimirrr et compagnie**
Claudine Bertrand-Paradis, mention d'excellence au Prix littéraire Pierre-Tisseyre jeunesse 1998; Prix littéraire Le Droit 2000, catégorie jeunesse

70. **Le Matagoune**
Martine Valade

71. **Vas-y, princesse!**
Marie Page

72. **Le vampire et le Pierrot**
Henriette Major

73. **La Baie-James des «Pissenlit»**
Jean Béland

74. **Le huard au bec brisé**
Josée Ouimet

75. **Minnie Bellavance déménage**
Dominique Giroux

76. **Rude journée pour Robin**
Susanne Julien

77. **Fripouille**
Pierre Roy

78. **Verrue-Lente, consultante en maléfices**
Claire Daigneault

79. **La dernière nuit de l'*Empress of Ireland***
Josée Ouimet

80. **La vallée aux licornes**
Claude D'Astous

81. **La longue attente de Christophe**
Hélène Gagnier

82. **Opération Sasquatch**
Henriette Major

83. **Jacob Deux-Deux et le Vampire masqué**
Mordecai Richler

84. **Le meilleur ami du monde**
Laurent Chabin

85. **Robin et la vallée Perdue**
Susanne Julien

86. **Cigale, corbeau, fourmi et compagnie 30 fables**
Guy Dessureault

87. **La fabrique de contes**
Christine Bonenfant

88. **Le mal des licornes**
Claude D'Astous

89. **Conrad, le gadousier**
Josée Ouimet

90. **Vent de folie sur Craquemou**
Lili Chartrand

91. **La folie du docteur Tulp**
Marie-Andrée Boucher Mativat et Daniel Mativat

92. **En avant, la musique !**
Henriette Major

93. **Le fil d'Ariane**
Jean-Pierre Dubé

94. **Charlie et les géants**
Alain M. Bergeron

95. **Snéfrou, le scribe**
Evelyne Gauthier

96. **Les fées d'Espezel**
Claude D'Astous

97. **La fête des fêtes**
Henriette Major

98. **Ma rencontre avec Twister**
Sylviane Thibault

99. **Les licornes noires**
Claude D'Astous

100. **À la folie !**
Dominique Tremblay

101. **Feuille de chou**
Hélène Cossette

102. **Le Chant des cloches**
Sonia K. Laflamme

103. **L'Odyssée des licornes**
Claude D'Astous

104. **Un bateau dans la savane**
Jean-Pierre Dubé

105. **Le fils de Bougainville**
Jean-Pierre Guillet

106. **Le grand feu**
Marie-Andrée Boucher Mativat

107. **Le dernier voyage de Qumak**
Geneviève Mativat

108. **Twister, mon chien détecteur**
Sylviane Thibault

109. **Souréal et le secret d'Augehym Ier**
Hélène Cossette

110. **Monsieur Patente Binouche**
Isabelle Girouard

111. **La fabrique de contes II**
Christine Bonenfant

112. **Snéfrou et la fête des dieux**
Evelyne Gauthier

113. **Pino, l'arbre aux secrets**
Cécile Gagnon

114. **L'appel des fées**
Claude D'Astous

115. **La fille du Soleil**
Andrée-Anne Gratton

116. **Le secret du château de la Bourdaisière**
Josée Ouimet

117. **La fabrique de contes III**
Christine Bonenfant